KB029948

산이 움직이고

물은 머문다

산이 움직이고
물은 머문다

박범신

詩

문학동네

自序

오늘 하루

작가라는 이름의 운명으로 산 지 올해 딱 삼십 년째입니다. 아시다시피 산문은 촘촘한 논리의 그물망에 포위되어 있지요. 나의 '시인'은 그래서 전사의 갑옷에 횡경막이 눌려 오랫동안 숨도 제대로 못 쉬고 지냈습니다. 이제 부끄럽지만 작가 나이 이립(而立)의 서른을 자축하며, 더도 말고 오늘 하루, 나의 '시인'이 갑옷을 뚫고 나와 우주의 한 귀퉁이에서 얼쑤절쑤 춤 한 번 추고 가는 것, 너그러이 용서해주시지요. 새천년의 봄빛이 저리도 깊은걸요.

2003년 봄, 북악 아래에서

박범신

차례

서시
—숲

어느 햇빛 좋은 날
내가 빈 겨울숲으로 들어갔더니
숲이 내 마음으로 들어와 앉는다
제가 내 주인인 것처럼

쓸쓸하게 차 있고 따뜻이 비어 있구나

한터山房* 에서

날 깊이 저물 때 한터山房에서
나는 아무것도 아니다
산은 원근이 없고
삶은 명암이 없다
어둠은 뒤란의 뽕나무 그늘에서 나와
쓰윽, 물뱀처럼 쓰윽,
이승의 허리를 휘감고 번진다
뽕나무 그늘이 세상의 중심이다
만약 어둠이 없다면
모랫길 먼 산을 어이 가고
상처투성이 우리가 무엇으로 만나랴
날이 저물 때 뽕나무 깊은 그늘에 서면
아무것도 아닌 당신
아무것도 아닌 내게로 흘러와
아무것도 아닌 의미로
비로소 엉긴다 조청같이

내 사랑 날이 저물 때

* 한터산방은 용인시 양지면에 있는 집필실의 이름임.

꽃

봄날 온 산천에
종환(腫患)들이 떼지어 솟아
터진다
피고름이 터진다

무섭다

달팽이에게

크면 나쁘고
작으면 좋은 것들이 있다 세상엔
가령 네 집이 그래
너는 세상에서 제일 크고 높은 집을 꿈꾸지만
세상에서 제일 크고 높은 집을 네가 가져봐
이쪽 배추에서 저쪽 돌미나리로 이사도 못 가고
홀로 죽을 때 누가 있어
허물어지는 네 집의 서까래들을
붙들어주겠니

뽕나무

뒤란에 뽕나무 한 그루 서 있다
천상에 머리 둘러
네 육체 길 찾아 검붉은 열매로 가고
바람 부는 5월의 황홀한 밤마다
별은 드높아 심지 깊은데
너는 너무 낮아서 중심을 잡지 못한다
인간적인 너의 빈 중심
우주의 무게로 낙하하여 깨지면
아침이 온다 천지엔 햇빛 죽창 같고
흔들리다가 흔들리다가
무참히 떨어져 깨진 너의 검붉은 주검들

바람 부는 밤마다
아낌없이 흔들려 제 심장 무수히 떨구는
나는 뽕나무가 참 좋다

봄

내가 빈 논의
저 쓸쓸한 벼 그루터기가 되고 싶은 건
다른 것이 아냐
암것도 아냐
봄날 경운기 삽날에
뿌리째 뒤집혀지고 싶기 때문이야
그뿐이야

생일

해가 기울고
이윽고 숲이 부드럽게 흔들렸어요

나는 가만히 앉아 있었답니다
뜨거운 쉰 살의
빈 것이
내 안에서 타고 있는 걸 보면서
나무들이 가만히 흔들리는 걸 보면서

다만 먼 곳에서 온 바람만
조용히 나를 관통해 지나가더라구요
내 몸의 사방이 사뿐사뿐 열리고
얼마나 가벼웠던지
글쎄 깃털같이 떠오르더라구요
절상(折傷)의 가을 고독하시거든
놀빛 가득한 굴암산 아래 한터로 오세요

읍내에서 7.3킬로 남향받이 한터山房
그림자 길게 끌고 당도하시면요
살은 쏘옥 빠진 웅숭깊은 눈빛 하나
가만히 흔들리는 숲으로
영혼보다 조용히 떠오르는 걸 보실 거여요

쉰 살의 빈 것들이 타고 있어요
따뜻한 내의처럼 어둠이 덮이고
수런수런 숲이 돌아누우면
보아요 눈물겨운 이승의 사랑
먼 길 산모퉁이 돌아오는 새날의 신부가 보여요

여보세요
오늘 나는 쉰 살이에요

시인

나는 시를 쓸 줄 모르지만 가령 이렇게 시작하고 싶다 평생 아침이 젤 쓸쓸하다 죽음으로부터 삶으로 빠져나가는 게 그렇게 힘들다 시를 쓸 줄 모르기 때문에 나는 한낮으로 가려고 오늘 아침에도 갑옷을 찾아 입는다 하얀 모시식탁보 깔린 식탁 위 등 푸른 생선이 되고 싶다 시인다운 아침을 맞는 것은 내 평생의 꿈이었다 삭은 관절들과 굽은 어깨뼈가 쇠단추 많이 달린 갑옷에 눌려 내려앉는 소리가 난다 창 너머 창날 같은 햇빛 속엔 유성이 가뭇없이 지고 우리집 젊은 개는 여전히 짖지 않는다 장마전선은 아직도 먼 남녘에서 요지부동이다 어린 왕자가 산다는 혹성612호에 가고 싶은 날에도 습관처럼 갑옷을 입고 쇠단추를 채우고 쇠지퍼 착착 올리고 그리고 시인을 갑옷 속에 숨겨놓는다 참을성 많은 나의 시인은 횡경막이 눌려 죽을 듯 비지땀을 흘리지만 비명을 지르진 않는다 한낮의 시간은 철저히 산문적이다 어둠이 면내의만큼 꼭 맞게 내 몸에 입혀

질 때까지 기다리는 건 쉬운 일이 아니다 만약 내가 시를 쓴다면 이렇게 시작하고 싶다 비 내리는 저녁이 오면 그리운 그대에게 가서 모시식탁보 깔린 정결한 식탁 위 가시 많은 생선으로 내가 눕는다, 라고 그대는 슬로비디오로 내 몸의 가시를 바르고 창 너머 젊은 개는 즈믄 달을 보고 짖는다 남몰래 한밤이면 갑옷을 벗고 새우등으로 눕는 뼛속 빈 남자를 나는 알고 있다 더 이상 아침을 꿈꾸진 않는다 먼 곳에서 나의 시인이 손수건을 눈가로 가져가는 게 보인다 나는 여전히 시를 쓸 줄 모르지만

4월

산벚꽃 반쯤 지고
산마을 한 뼘쯤 가라앉으면
햇빛 사이
딱딱딱딱 딱따구리
소리 가는 길로
내 혼이 가는구나

제삿날

울 엄니
저승 가는 길에
어여쁜 외아들 나에게 말씀하셨다

내 제사상에는 이것저것 푼수 없이 놓지 말고
기름 좌르르르
투구 대가리로 푼 이밥에다가
숟가락 꽂아도 안 자빠지게
고깃국 한 그릇만 아귀 맞춰 놔다오

눈은 내리고
아내가 오늘밤에도
국그릇 꾹꾹 눌러 쟁인다 맛도 없는 쇠고깃국

두통

학교에서 돌아오면
어머니는 늘 데님으로 머리를 질끈 동이고 있었다
골이 막 쏟아져나올라고 헌다잉
그때의 어머니 나이가 된
요즘은 자꾸 그것이 생각난다

영혼

숲을 가만히 바라보고 있으면
어느 때
숲 한가운데 유독 어떤 전나무 하나만
조용히 흔들린다

산신령님
전나무 그늘에서 쉬고 계신다

시인학교

밤 열시 詩보다 소음이 더
꽉 찬 인사동 시인학교*에서
왜 사냐
반은 중 반은 작가 金聖東형이
취해서 가끔 외마디로 묻는다 그럼
일제히 입을 다물고 도심 속 무덤이 되는 시인학교
그 무서운 틈 피묻은 시의 주검들을 보는

* 시인학교는 인사동에 있는 주점 이름임.

무당벌레

몸 밖에 길 내고 싶어서
서울집으로 달린다 시속 백사십 킬로미터
톨게이트 앞에 숨 가빠 멈춰 서면
등뒤, 우주 밖 먼 곳에서 누가 나를 부르고 있다
저 홀로 버려진 빈 한터山房

몸 안에 길 내고 싶어서
한터山房으로 돌아온다 힌두교도처럼
메밀꽃 필 무렵 이효석의 달구지 속도로
신의 창에 들다보면
깊은 밤 너른 거실 텅 빈 감옥 안에

몇몇 벌레들이
광대무변의 시간 속을 기어나가며
나를 부르다가 죽어 있다
몸 밖에 길이 없으니 몸 안에도 길이 없구나
어여쁜 주검들

하, 봄날은 간다

북한산 모랫길 내려오다가
진달래 꽃잎 퉁겨나오는 햇빛에 그만 눈이 찔려
삭은 삭신 관절마다 땅에 갈고 구르면서
부처바위 앓니에 내 앓니 콱 찧고 멈출 때
아이구우, 시큰해라 날카로운 통증이
앓니 깊은 뿌리로부터
뿌리에 살을 댄 더 깊은 살로부터
살의 중심으로부터 천지사방으로
화살이 지평을 꿰뚫고 나가듯
수만 갈래 실핏줄과 신경과 살의 세포들 헤집고 퍼지는데
한순간이었지 봄꽃들 천 리 만 리 일제히 스러지고
찰나적인 통증처럼
굼뜬 내가 미처 끼어들 새도 없이
산벚꽃 다 지고 없구나
저기 북한산 깊은 자궁을

삽시간에 빠져나가는 나의 화냥년들아
어느새 너희가 떨군 살비듬 위에 앉아
오늘은 겨우 물 맑은 소주나 마시네
혹여 춘정에 못 이겨 미처 가지 못하고 구비길
산초롱나무 그늘에 넉장거리한 화냥년 있거든
보소, 그 화덕에 코 박고 잠들고 싶으오

한낮

복받은 나라다 문학상이 삼백 개나 된다 시상식에서 득달같이 돌아와 아내의 다리에 얹혀 흰머리를 뽑힌다 한 군데에서 단숨에 세 개의 세 제곱이 뿌리째 나온다 가령 민족의 시원이라고 알려진 바이칼에선 본디 삼단계 영이 세계를 지배하고 있다 내 나이에 흰머리가 별로 없는 편이라고 하지만 모르는 소리다 속 새로 촘촘히 박혀 있다 삼분법으로 보면 삶은 단순명료하다 일테면 기단엔 쌀과 같은 육체가 있고 육체 위엔 호흡이 깃들여 과육처럼 길을 내고 길을 떠나고 나면 민들레 홀씨로 영혼이 천지간을 흐른다 영혼의 무게는 일 그램이라는 보고서도 있다 먼 데에서 낮닭이 울고 요기, 요기 요놈, 아내의 목소리에 잔뜩 독이 오른다 아내는 아직도 청춘이다 내 고독을 혼자 짐진 것들이 안쓰럽게 뽑혀나와 딸애가 무심히 펴놓은 콘사이스 위에 더께로 얹힌다 더이상 핍박받지 않는 내 머리칼들 호흡으로부터 빠져나와 민들레 홀씨로 떠돌다가 수심 천육

백 미터 바이칼 심해에 가뭇없이 빠져든다 예컨대 전열 가다듬던 눈부신 전사의 나날에 내 머리칼들 얼마나 숨가빴던가

잔설 희끗희끗한 한낮 창 밖에선
또 시절도 없이 무시로 낮닭이 울고

향기로운 우물 이야기

우물 밑에 그가 있다 천 년을 산
검은 망토를 둘러쓰고
오늘도 물레를 돌린다 향기로운 침묵 속에서
앞으로 돌리면 어둠이 나오고 뒤로 돌리면 빛이 나온다
서로 살 섞어 때로는 밝은 어둠 때로는 어두운 광채
그는 웅크리고 행복하게 일하지만
키는 하늘에 닿고 어깨 넓이는 지평선보다 넓다
내가 세상에서 제일 좋아하는 할아버지

빈대

밤이 싸 깊으면
궂은 날 한터山房에서
발이 열네 개 달린 빈대 한 마리
잠든 내 배 밖으로 나와
저 혼자 국민체조를 한다 하낫둘 하낫둘
나보다 씩씩하다

독백

너의 오목한 허리와
살의 어린 속눈썹과 전사 같은 늑골
잠자거라 너의 향기와 상상력과
고혹적인 침묵도
아무도 네 눈 열 수 없다
저 가시덤불 피 어린 장미꽃밭
깊은 그늘에 잠들어 있기를 백 년 동안
철로 된 갑옷
정조대를 차고 있기를
나의 사랑은 이처럼 천박하다

여인아
너를 사랑한다고 쓰려다가 지우고
다만 너의 열쇠를 혼자 갖고 싶다, 라고 쓴다
너의 최종적인 죽음을

근하신년

떠나고 또 떠나도 소용없다
원점이다 나는 겨우 불타는 시늉으로
여기 있다 갑옷을 입고 오려거든 차라리
더 낮은 데로

서설이 내린 아침 이승의 슬픈
꿈속에서 나는 오늘도 속옷을 말리고 있다

얼마큼 낮아지면 비로소 고요해질까 2001년

용인 굴암산*

너의 자궁에 불 지피면
땅속 은밀한 길을 흘러간 너의 너울이
몇십 리 밖 성남 어디에서 나부낀다는 말을 들었어
그 깊고 깊은 길 없는 길에

부드러운 어둠과 그리운 파멸이
젖은 세월보다 가벼이 흘러가
너의 성긴 털 사이로 사미승같이 출가하여
드높은 하늘과 마침내 균열 없이 몸 섞는다지

너의 숨은 입술에 입 맞추고 싶구나
미친 봄날 앙장(仰帳) 같은 햇빛
잔인한 봄꽃들과 가시덤불의 비명을 헤치고 나가
내 육신의 당의정 모조리 벗겨내고 말면

물결치는 네 형상에 눌려

네 안에서 내가 죽는다 희디흰 광채의 뼈
저기 찔레순 사잇길로 남색 치마 반회장저고리
젊은 어머니가 오시는가

* 굴암산은 '한터山房' 뒤에 있는 산임. 성남까지 뚫려 있다고 전해지는 굴이 있어 90년대 전반기까지 굴 앞에서 동제를 올리는 마을 행사가 있었음.

사랑

아무도 순간을 버리면
영원을 얻는다고 믿지 않네 꿀벌들은
오늘도 은방울꽃 작은 항수에 대롱을 박고

황홀한 긴꼬리제비나비는 산초나무 어둔 가슴에
새똥 같은 알을 낳는다 누가
새똥 속에 영혼의 각성이 깃들여 있는 줄 알겠는가

당신은 영원으로부터 와
내 영혼의 뜨락에 순간의 불씨를 놓고
지금 사랑이라고 부르네 프시케(Psyche)라고

등이 가슴보다 어두운 당신

상상력

김치찌개 끓이려는데 돼지고기가 없다 어제 용인 술막다리 시장에서 삼겹살 삼백 그램을 사다가 분명 삼성 SR-91A 냉장고 냉장실에 넣어뒀는데 삼겹살이 손이 달렸나 발이 달렸나 신세기엔 도피도 문화라지만 삼겹살이 도피했다는 건 말이 안 된다 어불성설이다 찬장마다 열어보고 서랍장마다 열어보고 쓰레기통마다 열어보고 심지어 호주머니마다 까뒤집어보지만, 없다 김치찌개를 돼지고기 없이 끓인다는 건 상상조차 할 수 없다 모든 상상력은 삼겹살에서 나온다 당연지사 우리를 길들인 나는 저녁을 굶고 아침도 굶는다 허기진 고독으로 혼자 세상 한켠을 빼꼼이 열고 내다보며

누구, 내 삼겹살 본 사람?

산에게

네가 나보다 깊고 고요한 것은
은밀한 중심에 자궁을 품고 있기 때문이라는 거
나는 알아
내가 삼백예순다섯 날
너에게 머리 두어 살고 싶은 것도

불멸

심심한 하오 텅 빈 창가 소파에 앉아 잠깐 잠든 새 꿈 하나를 꾸었습니다 지구의 지붕 위로 나팔꽃이 끝없이 뻗어나는데 그 꽃그늘 속 힌두의 여신들 반구의 젖가슴에 기대어 내가 부처같이 실눈 뜨고 아주 먼 데 보고 있는 꿈이었습니다 갑자기 눈물이 주르륵 흘렀습니다 연약한 줄기를 뻗어 하늘로 오르는 나팔꽃의 꽃말이 그리움이라는 걸 아는 이는 더러 있지만 나팔꽃의 원산지가 히말라야라는 것을 아는 이는 많지 않습니다 그 장대한 설산의 어디쯤 새·초·롬·히 올라와 천명에 기대어 뻗어가는 나팔꽃이 꿈꾸는 불멸은 무엇일까요

저물녘

내 청춘 저물었는데
난로에선 젖은 참나무 탄다

어떻게 왔는지도 모르게
양지면 대대리 114 한터山房
살아 진천 죽어 용인 나 여기 있구나
백칠십삼 센티 오십팔 킬로그램
굽은 어깨 팬 눈 그리운 무엇 상기도 남아

소주병 뚜껑을 어금니로 젖히며
늙은 청년아
이 적막한 늦가을 저녁
어디를 향해 너는 피 어리게 불타고 있느냐

돌아보면 산등성이 어둡고
하늘은 암적색으로 삶보다 먼데

눈 들어 보아라 저기 저 바람 부는 광휘의 새 날
바람은 쑥와와 빈 술병에 목매달고

난로에서는 여전히 생살이 타고 있다
부젓가락 끝에 묻어나는
젖은 꿈들을 헤집고 나를 본다
새는 날지 않고

돌아앉으면 그리운 중앙아시아
천산산맥
타클라마칸 젊은 사막에
지금 폭풍처럼 복사꽃 핀다

오후

비가 오진 않았어
그 계곡의 오후 네시 삼십분
풋풋한 왕거미
긴 발로 내 모든 뼈들
하나씩 일으켜 황홀히 빨아먹고
나무들이란 나무들
잎이란 잎들 일제히 다가와
숲이 되었지 우리는
숲이 되어 숲으로 거기 묻혔다
홍정계곡*

* 홍정계곡은 강원도에 있는 깊은 계곡 이름임.

중심

흔들리는 나무 흔들리게
놔두지 못하고 받침대 세운 날

고등어 한 마리가 토막난 눈으로
사기접시에서 나를 보고 있다

토막난 동해가 흔들린다

풀잎처럼 눕다

풀을 심는다 종로에
종로에 못 심으면 혜화동에
혜화동에 못 심으면 씨팔 것 압구정동
불 밝은 로데오 거리에 심지
그것도 안 되면 할 수 없어
내 갈비뼈들 쩌억 쩍 장도리로 하나씩 들어내고
푸르른 내 혈관의 수액
까짓것 수경재배로다가 심장에 턱 박아 심는 거야
상상해봐, 아아 몸서리치면서
내 가슴에 새날 같은 풀이 자란다
바람이 불면 나부끼고
햇빛은 투명한 아침이슬로 부서지겠지
너희는 말할 거야 입술은 석류만큼 까뒤집고
젖은 탱탱히 부풀리고
세상의 잔인한 타악기 소리에 달려나온 전사들
저 사람 가슴에 털 좀 봐 섹시하지?

섹시하구나 섹시해, 점령군처럼 일제히 달려들어
내 가슴의 풀잎들 움켜쥐고
오 마이 갓, 더 뜨겁게 더 깊이 뿌리째 빨고
햇빛 속으로 까발겨나오는 내 심장
내 주검이 쌓인다 폐품으로
어차피 풀이 자랄 수 없는 도시인 걸
오래 사는 게 장땡이라곤 제발 말하지 마
그렇게 죽고 싶어 오 마이 갓

어떤 햇빛 맑은 날 아침 빈집에 혼자 남아

나는 눈감은 노파의 얼굴을 보았다 생(生)의 중심을 향해 순간 별똥별 하나 날카롭게 졌다 텅 빈 내 몸 안으로 노파가 조용히 들어와 누워 있었다 주검처럼

가을

가을은 섬광처럼 흘러갔다

길은 아직 멀고
아침햇빛 날마다 저리 눈부시다
살아 견디는 일에 늘 화가 난다
세상은 이미 항거할 아무것도 남아 있지 않은 무정
부주의
그 텅 빈 황야에서

홀로 매번 화염병이 된다.
잎 떨어진 매화 잔가지 끝에
어린 동박새 몇 마리 허공을 향해 앉아 있다
깃털보다 너그러운 빈 영혼
가지는 흔들리지 않는다

육십 킬로 내 몸 터무니없이
무겁다 용서할 수 없다

무덤

영원으로 가려고 화류항(花柳巷)으로 흐르다가 돌아
오면
늦은 밤 웬 낯선 중년 여자가 내
침대를 차지하고 떡 누워 있다
촉수 낮은 수면등 아래에선 안 보이던 것들
더 낱낱이 보인다 뻔뻔하고
무난하다 쫓아낼 수도 없고 도망치지도 못한다
조금씩, 치명적인 상실의 역사가 담긴 내
안방 침대에서 불구자처럼
우·두·커·니 스톱모션으로 서서
불멸의 우주로부터 다른 생(生)을 수신하는 척, 한다

입을 쩍 벌리고 일상의
무덤 속에 잠든 아내는 슬프고
무섭다

킬러 레옹

연구실이다 가을이 깊을수록 주량이 는다 창 밖엔 반투명의 인생이 흐르고 창 안에선 도스토예프스키가 날 노려본다 레옹이다 목을 움츠리고 시바, 시바스리갈 속으로 숨는데 혹성612호에서 전화가 온다 그들은 나를 모른다 연구실이에요 나는 소리 지른다 연구실이라니깐요 텍스트가 가득 찬 연구실에서 내가 끝내 품고 싶은 것은 우주이다 쥐도 새도 모르게 스윽 내 목을 자르고 가실 나의 레옹 그리고 가을 도스토예프스키 시바, 시바신(神)*

* 시바신은 힌두교의 주신 중 하나로 파괴의 신임.

작가

우리집 젊은 진돗개는
어쩌다 목줄 풀어주면 아주 미친다
나는 너무 반듯하다
사랑하는 그 누구도 나의 목줄을 풀어주는 일 없다
나는 혼자 있을 때, 아주 미친다

대학생 딸이 고독할 때

우리 아빠가 작가라는 걸 들은 어떤 후배가 묻는 거예요 혹시 언니 아빠가 박완서씨야? 둘러선 몇몇 대학생 동무들은 웃고 더 많은 대학생 동무들은 왜 웃는지 몰라 어리둥절해져서 절 봐요 난 고독해요 아빠

돌산도*

햇빛을 따라
가고
또 가고
땅 끝까지 가면

어라,
지구의 중심이 비어 있네

* 돌산도는 여수항 남쪽에 있는 섬 이름임.

자본주의

예전에 포수 하나 태백산맥 은사시나무 고개에서 반달곰 한 마리 잡았다 아이구우 웅담이다 이놈 팔면 8기통 그랜저3000도 살 수 있고 HD 52인치 컬러텔레비전도 살 수 있다 아니다 이놈 먹으면 수시로 아, 세울 수 있다 마누라는 밤마다 황홀하게 울겠지 팔까 먹을까 팔까 먹을까 팔 까먹을 까 석 달 열흘간 눈은 내리는데 포수는 아직껏 산을 내려오지 못하고 있다

풍경

어머니는 광목빨래를 써억 썩 하고
계신다 멀고 먼 날의 내 사랑
저기 활대 같은 하늘에 B29가 날고
머리 없는 아버지
자전거 타고 오신다 들길 끝에
탈영한 풍경 하나 소실점으로 사라질 때
난 못 살아, 벤또 뚜껑을 여는 우리 막내누님
대찬 손사랫짓에 씨발 이까짓 거, 보리밥 덩어리
철푸덕, 똥간으로 떨어진다
파도여 구더기 구더기떼들
저수지는 오늘도 여름빛이 깊어
고내곡재까지 뻗어나간 꽃자줏빛 주단 위로
어허이 어허이, 쌀주발에 담긴 누님의 혼백이
돌아온다 누대로 흐르는 하얀 신작로
못다 푼 정한 가을잠자리
아버지는 오늘도 증조부님 뼛골을 삼베에 싸고

가을은 아직도 멀다.
높지도 낮지도 않은 풍경의 중심을 가르며
저기 빈 들길 자전거 타고 가시는
머리 없는 아버지
증조부님 뼛골도 함께 실린 자전거 바퀴살에
햇빛 튕기는 소리
챙강챙강

빈 젖

마흔한 살에 날 낳으실 때 울 엄니 젖은 검은 추를 매단 빈 가죽포대였는데요 평생 내 중심에서 울 엄니 빈 젖이 나를 조종해요 성장제일주의의 장대한 역사가 거기서 비롯되지요 때로 비명을 지르면서

놀

정한 많은
어떤 산인(山人)이 있어
저물녘 날마다
생피 쏟고 죽는다

나도
덩달아 골병든다

별

맥주에 취하면 오주움을 오래 눌 수 있다 내가 맥주에 취해 오주움을 눌 때 내 머릿속엔 계속 언제나 별이 흘러갔다 그 여기와 저기 사이 그 찰나와 영원 사이 몽환 같은 나의 이천년 가을이 위태롭게 놓여 있다 또 모른다 술로 내 배를 빵빵하게 만월처럼 채우고 깊은 밤부터 새벽이 올 때까지 오래 오주움을 누다가 홀·연·히 내가 별이 될는지도

요즘 처녀

열아홉 살에 집 앞 어두운
전봇대 밑에서 첫 키스를 하고 난 예린이
아하, 이놈이 파전을 졸라 먹었구나

젊은 신부

너를 거기
구름 젖은 길가에 두고 떠날 때

나는 매번
류머티즘에 걸린다

나의 젊은 신부여
너는 내 모든 관절에 위치해 있다

임에게 1

오늘 태풍 사오마이가 내 무릎 관절을 관통해 떠났습니다 시드니에선 남북 올림픽 선수들이 한통속으로 입장을 하고 우리가 잠시 앉았다 떠난 나뭇가지 끝에 까치 한 쌍이 무심히 놀고 있습니다 새처럼 가벼운 생(生)이라면 아무 자국도 남지 않으니 얼마나 좋을까요 당신을 안개 자욱한 길 끝으로 보내고 나서 유장한 시간에 떠밀려온 나의 황야는 여전히 비에 젖고 있습니다 어느 닫혀진 상가 셔터 밑에 지금도 웅크리고 앉은 나의 스무 살 이제 곧 날 저물면 몇천 년 전에 제 둥지를 떠난 별빛이 당신의 솟은 어깨에 머물겠지요 영원이란 지나온 시간으로 되돌아가는 고요하고 쓸쓸한 여행이 아닐까요 보세요 태풍 사오마이는 저기 얼어붙은 오호츠크해로 떠나고 우리 함께 보았던 나뭇가지 끝엔 환몽(幻夢)처럼 붉은 꽃이 피는군요 이 순간에도 붉고 푸른 젊은 그들은 그곳에 있고 나는 창 밖에서 머뭇거리며 생(生)의 중심에 놓인 당신을 남몰래 봅니다 국밥 같은 당신

임에게 2

과실 속에 씨가 있듯이
우리 중심에 죽음의 씨가 자라고 있습지요
만날 때 심은 우리 씨앗

어머니……

임에게 3

내 가슴에 칼 있는데요
염려 마셔요

언제나 내 가슴의 풀을 벨 뿐이니까요

임에게 4

매화가 붉은지 흰지 모른다구요 상관없어요 찻잔을 준비하시고 투명한 물 쇠주전자에 오래 끓인 연후에 저기 꽃샘바람에 잔뜩 웅크리고 있는 저, 저 꽃망울 찻잔 속에 띄워보셔요 고요하고 치열하게 마침내 그가 열릴 때 보게 될 거여요 그 깊고 붉은 속살을요 한 입 물면 음순 같은 혀와 자궁처럼 깊은 입천장 가득 하아, 부처 같은 봄의 색정(色情)을 만날 거여요 당신의 찻잔에 담긴 내가 그런다구요 봄매화처럼 매번 화상에 몸서리치며 환히 열리거든요 매화가 붉은지 흰지 그게 무슨 상관이에요

어떤 밤

비가 왔어요 개구리 천지 가득 울고 비닐하우스 지붕에선 천군만마(千軍萬馬) 소리 이승은 불타고 저승 가는 길은 젖어 있었죠 흐벅진 숲의 가슴에선 김이 서린 젖은 단내가 나고요 손가락 길게 세우고 눕혀 천리 만리 무변의 사랑 들고 나니 숲은 그러면 훌랑, 훌랑, 젖은 소리를 막 내는 것이었어요

빈 들

그대의 영혼을 만나고 싶다고 말하려다가
그대의 영혼에게 가는 길을 물으려고 젖을 만진다
저기
여름꽃들은 뙤약볕으로 피고
구천으로 떠날 노래는 민들레 홀씨로 떠도는데 만약
육체에 해가 뜨지 않아 볼 수 없다면
유두선을 따라오르는 네 영롱한 샘물 소리도
듣지 못하겠지 사랑은 바다 밑까지 낮아지기
무너지는 세상의 벼랑 끝에 서면 젖은
땀구멍 속 정령들은 은사시나무 흰 잎새 사이로
환하게 날아오르고 우리는 마주 보고
누워 한 개비 담배를 나눠 피운다 만약
사랑을 믿지 않는다면 누가 아침이슬에게 경배하겠는가
고꾸라지고 베이고 허물어져도 청노루 눈빛
그 아침빛이 너를 통과해와 세계의 구석방

내 안에 꽃초롱으로 둥지를 튼다 새는 날마다
저녁으로 떠나가고 나는 아직 모른다 저기
자갈투성이 해안선 끝나는 곳에 어떤
아우성들이 물레를 돌리고 앉아 있는지

철 지난 억새풀밭 너머로 이제
내 사랑 들고 나는 게 모두 자유롭구나

통로

너의 우주 가득
가득 채워주고 싶어
코피를 쏟는다 나는

코피가
나의 사랑법(法)이다

방

어떤 날 진저리를 치면서 어머니
속 깊은 주머니에 들면 생이 일시에
가벼워지네 어머니가 주머니를
쥐었다 놓았다 하면서 충만하냐 묻고

희열도 상처 같아서 중심을
통과하면 두리둥실 떠오르지 길이
먼 줄 알고 십진법으로만 가면
더러 내 얼굴이 희어지기도 하겠지만

두어라 죽어 썩느니 뿌리째
지구의 중심까지 내려가서 나는 내일도
검은 예수로 부활할란다

소설

영원히

내 머리

내 뼈

내 십이지장 맹장 간 이자 신장 큰창자 작은창자 똥구멍에서

심장에서

삭제하고 싶은

사랑, 유일한

원형 탈모

원형 탈모다 아니다 나는 나선형 탈모다 당신의
숲은 일관성 있게 청정하고

나중에 돈 벌어 심어드릴게요

당신이 심어준 나무 아름드리 자라서 병들고
죽고

심을 것 없어 차라리 탈모를 가속시켜줘

어떻게 사시려고요
내 눈높이로 내려오는 당신

어떻게 살긴 푸른
당신의 숲에 기대어 살지

연애

쉰 살의 연애는
더 급진적이다
시간이 전인미답의 얼굴로
발 밑에서 에스컬레이터를 타고 흐르므로

쉰 살의 연애는
혁명에 이르진 못한다
시간이 부식된 상처를 짊지고
등뒤에 켜켜로 쌓여 머물러 있으므로

흐르는 시간 쌓인 시간은
잔인한 여기와
그리운 저기 사이만큼 멀다
그 분열하는 불면의 사잇길에

쉰 살에 점 뺀 내가 서 있다

아직도 때로 나는 청죽(青竹)으로 서고
수렁처럼 그대는 깊으니
날마다 한 사발씩 생피 쏟고 싶다
소년 관창처럼

가끔

용인에선 가끔
새들이 유리창에 날아와 부딪친다
어디든 길인 줄 알기 때문이다

용인에선 아주 가끔
햇빛도 내려오며 챙, 챙, 챙, 소리를 낸다
저 혼자서도 충만하기 때문이다

용인에선 어쩌다가 아주 가끔
한가한 날의 너그러운 오후
얼쑤절쑤 내 영혼도 춤을 춘다
내가 새이고 햇빛이기 때문이다

산벚꽃 지는 날

천지에
산벚꽃 하얗습니다

당신이 하마 올까
체로 밭쳐낸 햇빛 사이
구부러진 동구길 온종일 내다보다가

햇빛은 선홍빛 한 음계 내려앉고
햇빛만큼 생애도 덩달아 내려앉고
천지가 이슥고 밤이슬에 젖을 채비를 합니다

별이 뜨면 좋겠지요
영원이라고 말하며
창 밖에선 하얗게 산벚꽃 지고

집

아무도 몰래 그대조차
그대 깊은 곳에 내 집을 짓는다
내 영혼이 살 집을
그대 눈물은 내 집 안뜰에 비로 내리고
그대 한숨은 내 집 서까래 주저앉힌다
아 만약 그대 비명을 지른다면
내 집 사방으로 구멍이 숭숭 뚫리고

그러나 개축도 증축도 하지 못한다
나는 내 집의 주인이 아니므로

그대 내 집을 품고 있지만 무겁지 않다

어머니

백골로 씻겨 누워 계신
우리 엄니
오늘도 해가 똥구녕에 떠서야 잠 깨는 내게
썩을 놈, 하신다
눈 찢어져라 흘기면서
썩을 놈,
숭년에 밥 빌어처먹을 놈, 하신다
어머니는 욕만큼 사랑을 갖고 있지만
욕하지 않는 내겐
어머니만큼 사랑이 없다
썩을 놈이다

세월

내 가슴에
몇몇 무덤이 있지요

오래 전 백골로 부식한
내 무덤 속 어떤 여자는
그늘 짙었던 스물 때 속눈썹 다 빠졌는데
얼마 전 선생하는 며느리를 보았구요

흐린 날 태어났다 황혼 녘 죽다, 라고
묘비명에 적힌 또 어떤 사랑은
관절염이 깊어
누워서 변을 보고 산대요 글쎄

그러믄요 두들겨보면
내 무릎 관절도 파삭파삭 빈 소리 내는걸요
바람 불고 비 내리고 풀은 자라도

가슴 속 무덤들
어쩌다 뗏장 들리며 옛사랑이 울고

천지에 아득하게
지금은 눈이 내리네요

휴식

어둡고 좁은 반평생 지나쳐온 방들 때문에
소심한 그가 설계사에게 말했다 집을 지으면서
모든 방에 다 햇빛이 쫙 들게 해주세요

그는 더이상 쉴 수 없었다

봄의 예감이 넘치는 어느 날 아침 햇빛
밝은 횡단보도 앞에 우두커니 서서

내 몸의 살 다 썩히고 나면 봄꽃바람
내 젖은 갈비뼈 사이로 환하게 흘러가겠지

그러면 비로소 사랑도 눈꽃처럼 가벼이 떠오를까

파가니니 들으며

파가니니 들으며
눈 덮인 해인사의 사멸을 본다
대적광전의 죽은 부처들

창 너머 감나무 그리운 잎새
별빛을 좇아 한밤내 무념히 흔들린다
조락을 꿈꾸는 자의 너 푸른 편지여

사멸은 슬프지 않으나
사멸이라는 말은 뽑혀나온 머리카락보다 슬프다
한밤내 나의 안뜰은 밤이슬에 젖고

고절한 어둠까지 함께 짐져
우주 밖에서도 사랑하는 당신
내 창가 감나무 잎새를 조랑조랑 흔드는구나

죽은 부처는 멀고
흔들리는 당신의 별은 이리 가까우니
오늘 새벽 가을이 와도 더이상 슬프지 않다

관성

가까이 오지 마 다칠지 몰라

날이 갈수록 행랑이 비니
땅 딛고 가는 일도 수월찮다
틈입자의 섬광 같은 칼 한 자루 품고
나는 오늘도 빈 뜰을 서성거리며
위험한 짐승 그러나 필사적으로 무난한 척,
삼십 년 넘게

귀신 씻나락 까먹는 소리 하고 있다
원고지를 사러 나가야지

소음

개가 달을 보고 짖는 것은 심심하기 때문이다
그대가 세상을 보고 짖는 것은 무섭기 때문인데

그대는 오늘도 개보다 많이 짖는다

지운편지함으로 가는 길

어쩌다 선뜻 갈비뼈가 들릴 때 있지 틀니처럼
우두커니 빈 동굴 속을 들여다보는 일
바람 불고 비 오는 밤에 하릴없이
시간마다 받은편지함을 들여다보는 일
때로 오래 전 백골이 된 어머니의
성긴 머리칼이 들어와 있기도 하고 섬찟하게
때로 지금은 관절염을 앓고 있는 옛사랑의
결혼 진심으로 축하드립니다 행복하세요
색 바랜 카드 한 장
수취인 불명으로 돌아와 놓여 있는 일 뚱딴지같이
그러나 대부분 비어 있다 기단에서 상륜부까지
푸른 숫자들이 탑신을 이루고 쌓이는 법은 없지
쓸쓸한 날들의 텅 빈 기록들
우리들 지운편지함으로 가는 길이 저승보다
가깝다는 걸 너무 일찍 알아버리는 일
공복

선택한 메시지를 영구히 삭제할까요
떨고 있다 내 안의 커서

남가좌동 50의 3에서

시간은 멈추는 법이 없다 당신은 언제 술에 취하는가 여름꽃은 너무도 빨리 지고 살기 어린 일광도 밤이 되면 속절없다 남가좌동 50의 3 시멘트 전신주 밑엔 무단투기한 쓰레기봉투가 창녀의 속옷처럼 열려 있다 찢어진 껌종이와 바나나 껍질과 코 푼 휴지와 얼룩진 종이컵과 젖은 패드와 먹다 버린 파이 한 조각 이것이 인생이다 때로 삶은 터무니없이 길다 제발 누가 날 좀 쏘아다오 뜨락엔 죽창처럼 햇빛 내리꽂힌다 간통보다 붉은 장미는 창 밖에서 지고 나는 한낮의 지리한 잠 속에서 45구경 콜트 빛나는 금속 총구를 입에 무는 찰나의 꿈을 꾼다 황홀하다

욕망

달밤에 벌거벗고 물구나무서야
내 사랑 숙주 비로소
발랑 자빠져 쉰다

아버지

—자살 미수한 아들에게

그려 이것아 애비는 나이 열넷에 뜬금없이 속에서 열불이 나갖고 장돌뱅이로 떠나설라무네 천지사방 명주 삼베 팔러 기차 타고 댕겼다 밤기차야 맨날 콩나물 시루지 워떤 이는 맨바닥 암 디나 태질당헌 깨구락지 맨키로 나자빠져 자고 또 워떤 이는 손잽이 매달려 응달에 수숫대맹키로 늘어져 서서 잔당게 나자빠져서 자는 것은 본디 속창아리가 읎고 서서 자는 것은 쓰잘 디 읎는 소가지에 중뿔만 잘 내지만서두 우물 옆댕이서 말라뒈지기는 둘 다 도진개진여 애비는 최소한도로다가 그런 적 읎다 잇다 기차가 열 칸도 넘는디 애비가 그럴 성싶으냐 눈깔 불 켜고 손발 오지게 열어 끝칸에서 끝칸까지 한칸 한칸 뒤져보고 댕기믄 그려, 아무리 만원기차래도 내 궁딩이 하나 디밀어 앉힐 자리는 있능겨, 그게 인생인디 이 썩을 것아 이팔 청춘 젊으나 젊은 것이 너는 뭔놈의 정한이 그리 많다고 첫칸도 뒤져보지 않고 아이구우 내자리 읎네. 약 처먹고 칵 뒈

질 생각을 혔드란 말이냐 하늘이 무섭다야 새통 빠지게 숭 떨지 말고 싸게 일어서라잉 문학인가 뭣인가 암만 혀도 고 귀신이 씌웠나본디 워디, 애비 앞에 내놔봐라, 싹동머리 쉬파리좆만큼도 없는 그 호로귀신 내가 외약 다리 걸어 한숨에 명줄 끊어놓을 것인즉

편지

창 밖에선 자귀나무 작은 잎들 포개어 눕고 불멸의 숨은 꿈조차 아득해지면 이승의 한밤에 기대어 당신에게 편지를 씁니다 저기 굴암산 깊은 여름 한가운데 천 년을 산 백마 한 마리 시간보다 빨리 흐르는 꿈을 반복해 꾼다고요 창 너머엔 지금 무리진 망초꽃 뿌리로 별똥별 하얗게 지고

예술과 학문

삶은 게처럼 찢어발기고 싶은
내 사랑 사당동에 가면
대장 항문 전문병원들이
예술의전당을 향해
우뚝우뚝, 떼로 서 있다
썩은 박쥐로의 나날들, 뭉클뭉클

죽음보다 깊은 잠

카나리아가 죽었어
요정 현관의 카나리아 한 쌍
한때 우리는 꿈꾸었었지 멀고 먼
카나리아 제도* 새들의 고향에 가면
소외 없는 영혼들끼리 모여앉아 한가하게 바둑을 두고 있어
묻지 마 사람들은 먹고 취하고 노래하다가
사랑하다가 잊었던 거야 모이 주는 걸
색소폰은 밤새 요염하게 흐르고
샹들리에 불빛은 창마다 차고 넘쳤지
죽은 카나리아 여린 영혼 카나리아 제도로 가지 못하고
아스피린 분말같이 되어 도시를 떠돈다
오늘도 콘크리트 기하학을 뚫고
전망 엘리베이터는 수직으로 오르고
생각해봐 구우면 참이슬 한 잔에

카아, 한 입이야

카나리아 청명한 소리 가는 길
찔레순 사이의 하늘빛을 어디 당신이 본 일이나 있어?

* 카나리아 제도는 아프리카 서쪽 대서양에 있는 섬으로 카나리아의 원산지임.

불의 나라

특별시에선 오늘도 천삼백만 그들이 꽁무니에 불 하나씩 매달고 앗 뜨거 앗 뜨거 일렬종대로 도망치고 있다 장관이다

황홀

낙엽은 절대 쌓이는 게 아니다
흐른다
낮은 데로 낮은 데로 흘러
마침내 네 고요한 중심
뿌리로 간다
신록의 빛 저 허공으로의
황홀한 부활

소설에게

사랑이여 헤어진 누이처럼 네가 그립다

저물녘 비 젖은 우주의 한 모퉁이
추상과 사실 사이 위험한 틈에 네가 끼어 있다 평생
햇빛 밝은 거리에선 매양 신발이 무겁다
내 눈빛 저기 요요하고 먼 추상을 겨누어 쏠 때
내 손가락 여기 네 혀를 만진다 껍데기들

심청이 같은 사랑이여 추상과 사실 사이
틈 같은 은장도로 네가 놓였구나

부디 나의 껍데기 단칼에 베어다오

절필

절을 떠나니 편안해졌다 편안하니 부처가 중심으로 들어왔다 한밤중 홀로 거울을 보니 내 사랑 이제 환하구나

새 봄 기다리며

연분홍 치마가 봄바람에 휘날리더라

무심이는 시집가고
따개는 새치가 늘고
암소는 나이 서른에 전용선 깔고

새벽녘 나는 아내 몰래
간밤의 숙취에 터진 불쌍한 내 항문에서
피 묻은 거즈를 빼내며

그게 인생이지 강물이
풀리는 소리 아직 멀고 황야로
부는 바람 아직 끝나지 않았지만

나는 알고 있네 만년빙하에도
비행거미가 살고 오로지 날개 치는 힘으로

동토의 히말라야 팔천 고봉 넘어가는 어린 새떼들

사랑아 저기 눈 쌓인 북악에
그날 밤처럼 기어코 쓰러지고 말 새봄이 또 와 있구나

흰 소가 끄는 수레

갑자기 굴암산 허리 어디쯤 세상에서 가장 많은 나팔 소리 나듯이 환해지더니 비단길 따라 순백색 흰 소가 끄는 수레가 흐르는 것처럼 내 앞으로 천천히 다가왔다 수레 위에 평생 말없이 산 그가 앉아 있었다 나는 무더기 망초꽃 사이로 비켜서면서 아득하게 바라보았다 그는 빛에 둘러싸여 있었지만 눈부시진 않았다 안녕하세요라고 나는 간신히 인사했다 안녕하세요 담배 한 대 피우고 가세요 그가 쑤욱 다섯 자도 넘음직한 흰 팔을 뻗어 내가 내미는 담뱃대를 받아들었다 나는 행복했다 내·안·의·말·을·없·앴·더·니·세·상·의·모·든·말·을·들·을·수·있·더·라 그가 떠나며 말했다 나는 그의 흰 소가 끄는 수레가 흐르듯이 동쪽으로 가는 걸 망초꽃 사이에 선 채 손차양을 하고서 보이지 않을 때까지 바라보았다 햇빛 해맑은 어느 봄날이었다

묘비명

평생 사랑을 찾아 헤매었으나 사랑의 그림자도 못 본 남자가 어느 날 아득히 먼 시간 속에서 죽었다 사람들은 절륜의 바람둥이가 마침내 생을 마쳤다고 말했다

"그리운 히말라야"
2003

발문

탐미의 아라크네, 박범신의 시행은 고압선이다

김승희(문학평론가, 서강대 국문과 교수)

박범신 작가가 시집을 낸다. 한국 문단처럼 장르에 담장을 높이 치고 그 담장을 사수하려는 '장르 엄숙주의의 사회'에선 아마도 좀 용기가 필요한 일이었을 것이다. 그러나 그의 장르 가로지르기는 너무나도 자연스럽고 필연적이어서 그의 시를 읽고 있노라면 "시인이 생래적으로 가지고 있다고 생각되는 시심(詩心)이란 것이 과연 이런 것이구나"라는 생각이 그냥 든다. 그의 시심이 절창을 만드는 때는 주로 긴 시보다는 단시에서인데 시인과 소설가의 차이점을 '강렬한 압축'

에서 찾는다면 그는 분명 아주 좋은 시인이라고 할 수 있을 것이다. 불과 몇 행 안 되는 짧은 시에 그는 아주 넓고도 높고도 깊은 것들을 한 방으로 응축해놓고 있기 때문이다.

그의 시행은 고압선이다.

「놀」「작가」「오후」「산에게」「휴식」「불의 나라」「절필」 등이 그렇다.

정한 많은
어떤 산인(山人)이 있어
저물녘 날마다
생피 쏟고 죽는다

나도
덩달아 골병든다 —「놀」 전문

우리집 젊은 진돗개는
어쩌다 목줄 풀어주면 아주 미친다
나는 너무 반듯하다

사랑하는 그 누구도 나의 목줄을 풀어주는 일 없다
나는 혼자 있을 때, 아주 미친다

—「작가」 전문

「작가」를 읽고 보면 목줄이 풀려 날뛰는 '진돗개' 가 개인지 아니면 반듯하게 목줄을 매고 순응적으로 살아가는 내가 개인지, 누가 개인지 알 수 없는 아포리아가 남는다. 이 시를 읽고 가만히 내 목줄을 만져보았다. 신자유주의의 개 목줄이 내 부실한 목살을 파먹어들어가고 있는 중이다. 끈을 만져본다. 피에 젖어 축축하다. 그의 짧은 시가 남기는 '여운의 아포리아' 는 이렇게 현대인의 내면에 고갈된 무슨 샘물을 망각에서부터 일깨운다.

또 그의 시는 그가 선(禪)적 무정부주의자라는 것을 보여준다.

「4월」을 보면 그렇다.

산벚꽃 반쯤 지고
산마을 한 뼘쯤 가라앉으면

햇빛 사이
딱딱딱딱 딱따구리
소리 가는 길로
내 혼이 가는구나

—「4월」 전문

"딱따구리 소리 가는 길"로 내 혼이 간다. 행복이란 인위를 버린 공허한 마음속에 햇빛처럼 가득 차는 것이라고 할 때 「4월」은 그러한 무위자연에 의해 얻게 된 참 이치에 가득 찬 지복을 보여준다. 이 시집에 수록된 작품들은 그가 한때 소설쓰기에 절망하여 절필 선언을 하고 아무도 모르는 용인 '한터산방'에 칩거했을 때 얻은 작품들이라고 하는데 「4월」 등의 시편들을 보았을 때 그에게 그 절필의 시기가 필설로 형언할 수 없을 정도로 고독하고 혹독했다 할지라도 '인위를 버린 자'의 행복과 지복에 다가갔었다는 것을 보여준다.

절을 떠나니 편안해졌다 편안하니 부처가 중심으로
들어왔다 한밤중 홀로 거울을 보니 내 사랑 이제 환하구나

—「절필」 전문

그러한 버림의 고통과 지복에 대해서는 소설 『흰 소가 끄는 수레』에서도 읽을 수 있지만 그의 절필 무렵은 그런 것들을 다 버림으로써 오히려 정신의 원형으로 돌아갈 수 있었던 것 같다. 그리고 그 정신의 원형은 그가 도시생활에서 상실했던 농경적 모태로의 돌아감에서 만나진다.

「향기로운 우물 이야기」「봄」을 보면 그렇다.

우물 밑에 그가 있다 천 년을 산
검은 망토를 둘러쓰고
오늘도 물레를 돌린다 향기로운 침묵 속에서
앞으로 돌리면 어둠이 나오고 뒤로 돌리면 빛이 나온다
서로 살 섞어 때로는 밝은 어둠 때로는 어두운 광채
그는 웅크리고 행복하게 일하지만
키는 하늘에 닿고 어깨 넓이는 지평선보다 넓다
내가 세상에서 제일 좋아하는 할아버지

—「향기로운 우물 이야기」 전문

우물 속에서 물레를 돌리는 할아버지는 칼 융의 상

상력으로 번역하자면 '어둠 속에서 생의 비의(秘義)를 노래하는 현자'에 가깝다. 이런 현자의 영혼 노래를 듣기 위해서는 무념, 무상의 귀가 필요하다. "특별시에선 오늘도 천삼백만 그들이 꽁무니에 불 하나씩 매달고 앗 뜨거 앗 뜨거 일렬종대로 도망치고 있다 장관이다"(「불의 나라」 전문)와 같은 '불의 특별시'를 떠난다고 해서 누구나 이런 향기로운 우물 노래를 듣는 것은 아닐 것이다.

내가 빈 논의
저 쓸쓸한 벼 그루터기가 되고 싶은 건
다른 것이 아냐
암것도 아냐
봄날 경운기 삽날에
뿌리째 뒤집혀지고 싶기 때문이야
그뿐이야

—「봄」 전문

네가 나보다 깊고 고요한 것은
은밀한 중심에 자궁을 품고 있기 때문이라는 거

나는 알아
내가 삼백예순다섯 날
너에게 머리 두어 살고 싶은 것도

—「산에게」 전문

'불의 특별시'에서 깊이 오염되었던 원초적 오관을 흔들어 깨워 흙과 산과 마주쳐 원초적 생명 불꽃의 깨어남을 원하는 이런 신선한 파격의 상상력. 이런 돌발성, 일상적 관념을 살짝 뒤집어 세상을 보는 시각을 낯설게 전복시키는 것을 선적 감수성이라고 부르거니와, 박범신의 선적 감수성은 어디에도 속하지 않는 자유와 혁신의 열정에 닿아 있다. 그는 한터산방 주위의 자연 속에서 한때 '도시작가'라 불리던 감수성의 방향을 선회하여 선적인 방향으로 나아갔던 것이다.

그는 또한 그런 절필의 시기 동안 자신의 소설들에 관한 시를 몇 편 쓰기도 했다. 말하자면 메타 픽션적 시라고나 할까. 자기 소설을 자기 반영적으로 들여다보면서 그것을 트랜스 장르시켜 시로 써본다. 「불의 나라」 「죽음보다 깊은 잠」 「풀잎처럼 눕다」 「흰 소가 끄는 수레」 등이 그렇다. 기어이 그는 소설에 대한 사랑에 북받쳐 '소설' 이라는 제목의 시까지 쓴다.

영원히
내 머리
내 뼈
내 십이지장 맹장 간 이자 신장 큰창자 작은창자 똥구멍에서
심장에서
삭제하고 싶은
사랑, 유일한

이렇게 놓고 보면 과연 박범신이 '절필 시기' 라고 부르는 시기의 '절필' 이란 과연 무엇이었나? 라는 질문이 든다. 절필(絶筆)이 아니라 '운필(運筆)' 의 시기가 아니었나? 그는 열심히 운필을 한 것 같다.

그리고 이런 에로틱하고 아름다운 시도 있다.

비가 오진 않았어
그 계곡의 오후 네시 삼십분

풋풋한 왕거미
긴 발로 내 모든 뼈들
하나씩 일으켜 황홀히 빨아먹고
나무들이란 나무들
잎이란 잎들 일제히 다가와
숲이 되었지 우리는
숲이 되어 숲으로 거기 묻혔다
홍정계곡

—「오후」 전문

이런 탐미적 무정부주의자의 감수성을 가진 박범신은 '아라크네'라는 희랍 신화 속의 거미 여인을 떠올리게 한다.

"희랍 신화에 나오는 아라크네는 아테네에서 가장 실을 잘 짜는 여성 명인(名人)이다. 아라크네의 직물 솜씨가 너무 좋고 특히 신들의 연애 장면을 수놓는 기술에서는 아라크네를 따를 자가 없어서 그녀의 명성은 자수(刺繡)를 관장하는 아테네 여신을 능가할 정도였다. 그녀는 특히 올림포스 산정의 신들의 연애 장면과 신들의 벌을 받은 인간의 이야기 및 신들의 비행을 내

용으로 하여 천을 짰다. 최고신 제우스와 바다의 신 포세이돈, 태양신 아폴론, 술의 신 디오니소스의 겁탈 및 비행을 천에 수놓았다. 그녀의 작품은 아테네조차도 흠잡을 수 없을 만큼 훌륭하였다. 질투한 여신이 베를 갈기갈기 찢자 비탄에 빠진 아라크네는 목을 매어 자살을 기도하였다. 그러나 여신은 아라크네의 자살을 허용하지 않고 그녀를 뱃속에서 줄을 뽑아 베를 짜는 거미로 둔갑시켜 목숨이 다할 때까지 실을 잣는 벌을 내렸다고 한다."

이러한 아라크네의 운명성, 탐미적인 몰입, 고독, 황폐한 저주의식에도 불구하고 삶을 치열하게 사랑하는 장인의식, 그러면서도 그런 모든 '인위(人爲)'들을 다 벗어나고자 하는 허무주의—그런 것들이 박범신의 인간과 예술세계를 수놓는 키 워드라고 나는 생각한다.

나는 '청년' 박범신을 잘 알고 있다고 생각한다. 1973년 같은 해에 신춘문예에 당선한 인연으로 함께 '73그룹'이라는 동인활동을 잠시 한 적이 있기 때문이다. 그는 중앙일보에 「여름의 잔해」라는 작품이 당선되어 등단했고 나는 경향신문에 「그림 속의 물」이라는 시가 당선되어 등단했다. 서울신문 시부에 당선했던 시인 김창완형의 주선으로 몇 번 만남을 가지다가 드디어 '1973' 이라는 그룹까지 결성하게 되었는데 그때 동인을 했던 1973년도 신춘문예 당선자들이 바로 소설가 이경자 이태호 이청 최학, 시인 김창완 김명인 정호승 이동순 하덕조 등이다. 시조 시인 유제하는 이미 세상을 떠난 지 오래되었다. 그렇게, 그 혹독했던 살얼음판의 70년대 초중반을 동인으로 떼지어 몰려다니며 술도 많이 먹고 방황도 다 털어 보여서 서로의 기질적 원형질을 잘 아는 사이였지만 삼십 년 세월 동안 다들 살기에 바빠서 모두들 멀리에 떨어져 있었다. 그러면서도 먼 데서 가까운 데서 서로의 문학과 활동을 지켜보면서 우리는 서로가 좋은 시인, 작가로 커가고 늙어가기를 축성해왔다. 박범신의 시집 『산이 움직이고 물은 머문다』 발간을 축하하며 '30주년 기념' 을 핑계삼아 1973년 그룹도 한번 모일 수 있다고 하니 이 시집이 어서 빨리 출판되었으면 좋겠다.

그의 건강과 건필을 빈다.

박범신

중앙일보 신춘문예에 단편 「여름의 잔해」가 당선되어 등단했다. 소설집 『토끼와 잠수함』 『흰 소가 끄는 수레』 『향기로운 우물 이야기』 『빈방』, 장편소설 『죽음보다 깊은 잠』 『풀잎처럼 눕다』 『불의 나라』 『침묵의 집』 『외등』 『나마스테』 『주름』 『촐라체』 『엔돌핀 프로젝트』 『고산자』 『은교』, 산문집 『젊은 사슴에 관한 은유』 『사람으로 아름답게 사는 일』 『남자들, 쓸쓸하다』 『비우니 향기롭다』 『카일라스 가는 길』 『맘먹은 대로 살아요』 『나의 사랑은 끝나지 않았다』 등이 있다. 대한민국문학상, 원광문학상, 김동리문학상, 만해문학상, 한무숙문학상, 대산문학상 등을 수상했다.

산이 움직이고 물은 머문다
ⓒ 박범신 2003

1판 1쇄 | 2003년 4월 4일
1판 3쇄 | 2012년 10월 29일

지은이 박범신
펴낸이 강병선
책임편집 김현정 장한맘
마케팅 신정민 서유경 정소영 강병주 | 온라인 마케팅 김희숙 김상만 이원주
제작 서동관 김애진 임현식 | 제작처 한영(인쇄) 우진(제본)

펴낸곳 (주)문학동네
출판등록 1993년 10월 22일 제406-2003-000045호
주소 413-756 경기도 파주시 교하읍 문발리 파주출판도시 513-8
전자우편 editor@munhak.com | 대표전화 031)955-8888 | 팩스 031)955-8855
문의전화 031) 955-8890(마케팅) 031) 955-8864(편집)
문학동네카페 http://cafe.naver.com/mhdn

ISBN 978-89-8281-642-0 02810
* 이 책의 판권은 지은이와 문학동네에 있습니다.
이 책 내용의 전부 또는 일부를 재사용하려면 반드시 양측의 서면 동의를 받아야 합니다.
* 이 도서의 국립중앙도서관 출판시도서목록(CIP)은 e-CIP 홈페이지(http://www.nl.go.kr/ecip)에서 이용하실 수 있습니다.(CIP제어번호: CIP2012004937)

www.munhak.com